French poetry

LA POÉSIE DES MAL-AIMÉS

Judex Piston

Seuls
Ceux qui pleurent
Connaissent
Le goût des larmes.

- Judex Piston

LISTE DES POÈMES

PRÉLUDE

La poésie est
La confession de l'âme
Qui, par pure innocence,
Révèle ses secrets
Les plus profonds.

Les mal-aimés sont
Les mendiants de l'amour ;
Ils ont osé aimer
Sans pouvoir
Se faire aimer.

02. LA MÉLODIE DES MAL-AIMÉS

Donne ta main à ton frère
Pour partager sa misère,
Car il faut relever celui qui tombe
S'il trébuche dans l'ombre.

Prête ta joie aux enfants
Et ton sourire aux passants,
Car tu sécheras ainsi bien mieux
Les larmes de leurs yeux.

Offre ta justice aux opprimés
Et ton amour aux mal-aimés,
Car grande est la peine
De ceux qui succombent à la haine.

Entre le ciel et la terre,
L'homme n'est que poussière.
Entre les mains de son créateur,
Il n'est qu'un serviteur.

03. AMOUREUSEMENT

J'aime
Tes beaux yeux,
Passionnés,
Ensoleillés,
Qui me parlent
En amoureux,
D'un été,
D'une rue,
Où tous deux,
Bien serrés
L'un contre l'autre,
On riait,
Sous la pluie,
Sous le vent,
Aux éclats,
Aux passants,
Aux amants.
Ah, qu'on s'est aimés
Follement !

J'aime
Tes lèvres,
Enivrantes

Et séduisantes,
Qui tremblent,
Sous le vent,
Sous la pluie,
Et qui s'attardent
Sur mes joues,
Par oubli,
Par amour,
Sans folie,
Et ces lèvres
Qui chantent
Le printemps
Et qui sourient
À la vie.

J'aime
La couleur
De tes cheveux,
Pris au vent,
Frissonnants
Dans mes mains,
Qui retombent
Comme la pluie,
Un printemps,
Follement,

Sur ton cou,
Sur tes joues,
Si pâles
Et si tendres.

J'aime
Quand tu m'aimes,
Quand on s'aime,
Et qu'un matin
On fait du soleil
Un été,
De la pluie
Un hiver,
Qu'on fait des saisons
Une chanson,
Et que le printemps
Nous ramène,
Chaque matin,
Le chant des oiseaux,
Le parfum des fleurs.

J'aime
Pour le plaisir d'aimer
Et d'être aimé,
Mais si jamais

Je meurs de froid,
Sous la pluie,
Sous le vent,
Je serai heureux
D'avoir aimé,
D'avoir donné
Par une vie,
Mon âme,
Mon amour,
Et que mes lèvres
Aient pu te dire
Je t'aime.

04. LES AMOURS OUBLIÉES

Il y avait un enfant
Amoureux d'un poète.
Il n'était pas bien grand,
Mais doué comme son maître.
Il aimait bien la vie
Et tout ce qui rit,
Il aimait bien les fleurs
Et tout ce qui pleure.

Il y avait un valet
Amoureux d'une princesse.
Qui aurait pu penser
Qu'il aimait pareille richesse ?
Il gardait en son cœur
Peu d'espoir de bonheur
Pour cet amour sans lendemain ;
Un valet ne choisit pas son destin.

Il y avait un chien
Amoureux d'un clochard.
Ils ne possédaient rien,
Pourtant gardaient espoir,
Car l'argent est odieux
S'il ne sert qu'aux gens heureux,
Mais il devient charmant
S'il fait vivre la bête et le mendiant.

Il y avait aussi un homme,
Amoureux d'une femme,
Qui par la faute d'une pomme
Avait perdu son âme.
Combien sont-ils, ceux qui meurent
Pour le prix du bonheur ?
Car le soleil est pour le jour
Ce que l'homme est pour son amour.

05. LES YEUX DE L'INNOCENCE

Une petite fille
Avait dans sa main
Une grosse bille,
Et un joyeux garçon
Sifflait en chemin
Une belle chanson.

Donne-moi ta chanson,
Lui demanda-t-elle,
Je la chanterai en toute saison.
Donne-moi ta bille,
Ma toute belle,
Se moqua-t-il de la fille.

Elle remit la bille au garçon,
Au creux de sa main,
Et il lui donna sa chanson.
Mais où as-tu pris ce joyau ?
Lui demanda le gamin
Qui le trouva très beau.

Je l'ai trouvé sur la plage,
Lui confia-t-elle gentiment,

Perdu parmi les coquillages.
Mais qui t'a appris cette chanson,
Que tu chantais gaiement ?
Est-ce le merle ou le pinson ?

C'est un oiseau de grand chemin
Qui était presque mort.
Plus personne n'en avait besoin.
Il était seul et sans abri.
Le vent avait soufflé si fort
Qu'il était tombé de son nid.

Viens, partons ensemble
Si tu veux être mon ami,
Car tous les enfants se ressemblent.
Avec la bille, nous jouerons,
Sous le vent, sous la pluie,
Nous chanterons ta chanson.

06. LE TABLEAU DU BONHEUR

Dans un pré vert,
Il y a un arbre.
Sur une branche nue,
Un oiseau rouge chante.
Et là-haut,
Tout là-haut
Dans le ciel bleu,
Un tout petit nuage
S'est endormi.

À l'horizon vermeil,
Un soleil se couche,
Au bord du ruisseau,
L'herbe est verte de vie,
Et dans tes yeux si bleus
Je vois briller la mer.

Et là-bas,
Tout là-bas,
Dans la vallée,
Les couleurs chantent la vie.
Et devant tant de poésie,

L'homme s'arrête
Et se met à penser.
Il devient poète,
Amoureux de la vie
Et de la couleur de l'été.

Qu'il est beau, ce tableau
Que nos passions encadrent,
Quand nos cœurs
Chantent l'amour.
Les oiseaux se taisent
Quand le bonheur nous sourit ;
Le monde nous envie.
Mais rien que pour nous,
Dans ce pré vert
Assoiffé d'espoir,
Le blé mûrira,
L'arbre nous offrira
Des corbeilles de fruits,
Et sur la branche nue
L'oiseau rouge
Nous chantera la moisson.
Et le tout petit nuage
Sera notre toit,
L'herbe douce
Sera notre lit.

Et tout l'été,
Le soleil brillera
Encore plus fort.
Mais quand les nuits
Seront chaudes
Et que nos lèvres
Se dessècheront
À force de baisers brûlants,
Nous les rafraîchirons
Dans l'eau douce du ruisseau.

Amour, mon bel amour,
Quand tu es près de moi
L'univers se recrée.
Le soleil se fait roi,
La lumière surgit
Des noires ténèbres,
La vie renaît
De carcasses calcinées,
Et du fond de la vallée
Résonne un chant d'amour.

Mais quand un beau matin
Le printemps reviendra,

Notre amour sera si fort
Que j'irai cueillir pour toi,
Au fond de la vallée,
Des fleurs de l'oranger
Comme présent de noces.

07. LES SENTIERS DE MON ENFANCE

Sais-tu, mon enfant,
J'ai tapissé le mur de ma vie
De mille feuilles de tes folies,
Et comme de petits cailloux blancs,
J'entends tes pas fouler le sol
Où j'ai fait tant de cabrioles.

Innocente jeunesse…
Si j'avais encore ton âge,
Il me suffirait d'être sage
Et de rêver sans cesse
À tes Noëls merveilleux,
Si simples et si joyeux.
Et plus je vis ma vie
Plus je voudrais redevenir enfant,

Remonter le temps,
Et chercher dans l'ombre de tes nuits
Tous ces rêves pleins de plaisirs,
Qui te donnent ce merveilleux sourire.

Ah ! que nous étions heureux
Loin des angoisses cruelles,
Quand il n'y avait dans nos ruelles
Que des visages joyeux !
Quand la joie rythme l'amour,
On vit Noël chaque jour !

Mais j'ai tout perdu de tes jouets.
Où sont-ils passés, tes soldats de bois
Et ces canons qui ne tuaient pas ?
Hélas, la vie n'est qu'un fouet,
Pour jouer à la guerre
Sans penser à ceux qui meurent.

Quand on n'a plus dix ans,
Les oiseaux ne chantent plus,
Et on n'entend que les obus
Qui font mourir même des enfants.
Et pour ces cœurs emplis d'amour,
Le soleil ne reverra plus le jour.

Pourtant, toutes ces longues années
Font d'un enfant un homme.
Mais, amèrement, seul le goût du rhum
Lui fait parfois oublier
Qu'il reste toujours des sentiers perdus
Où les hommes ne passeront plus.

08. AU NOM DE L'AMOUR

Dieu,
Fais-moi une femme,
De ton souffle à la vie,
De la glaise à la chair.
Que mon désir soit prière,
Et comme une Joconde,
Au sourire de miel,
Elle sera vraiment belle.
Aussi belle que l'aube
Qui naît dans la vallée,
Avec un médaillon
Grand comme un soleil
Posé entre ses seins nus.

Femme,
Fais-moi un enfant,
De mon âme à ton corps,
De tes entrailles à la lumière.
Qu'il soit fille ou garçon,
Aphrodite ou Apollon,
Chair de ta chair,
Fruit de notre amour,
Que ton nouveau-né soit beau.
Tu seras mère et reine,
Et je serai père et roi,
L'amour est notre royaume.

Oiseau,
Fais-moi un nid,
Grand comme un berceau,
Pour abriter mon enfant.
Ma maison est délabrée,
Le toit s'est envolé,
Le lit est tout mouillé.
Que ton nid soit douillet,
Car un fils nous est né.
Il sera un homme, mon fils,
Dieu qu'il est beau, mon fils,
Aussi beau que ton plumage.

Mon fils,
Fais de toi un homme,
Comme tous ces hommes
Affamés d'amour
Et de justice,
Qui se nourrissent chaque jour
D'un peu de rêve
Et de tendresse.
Tu seras brave, mon fils.
Il y aura des jours sombres
Comme la nuit,
Et des nuits froides
Comme l'hiver,
Mais grande sera ta sagesse
Si le désir de vivre
Te rend fou d'amour.

09. LE NOËL DES PIEDS-NUS

Mon beau monsieur,
N'auriez-vous pas
Cinq sous à me donner ?
J'ai tellement peur
Qu'à la tombée du jour
La mendicité s'accroche à moi
Comme un chien errant.

Ma belle dame,
N'auriez-vous pas
Un vieux manteau poussiéreux
Pour offrir à ma femme ?
J'ai tellement peur
Qu'à la tombée du jour
La neige soit impitoyable
Et qu'elle meure de froid.

Mes braves gens,
N'auriez-vous pas
Un bol de riz à me donner ?
J'ai tellement peur

Qu'à la tombée du jour
Mes enfants cessent de gémir
Et que la mort les emporte.

Mon brave curé
N'auriez-vous pas une prière
Pour un pauvre homme ?
Vraiment, j'ai peur
Qu'à la tombée du jour,
Par une douce et sainte nuit,
Nous succombions de froid,
De soif et de faim,
Alors que les gens riches,
À la chaleur
D'une bûche ardente,
Eux, mangent à leur faim.

10. LE PARFUM DE L'AMOUR

En ce matin si calme,
Il brille dans mon âme
Un beau soleil de femme.

On dit pourtant que l'amour fait mal,
Mais par une nuit sombre et banale,
Il anime en moi un bonheur sans égal.

Jamais nuit n'a été si belle,
Jamais corps si sensuel,
Mais quand l'aube ouvre ses ailes

Et que la nuit se lasse et s'endort,
Tout épuisé je respire encore
Le doux parfum de ton corps,

Si chaud et enivré,
Si femme et envoûté,
Si rebelle et désiré.

Chante et danse, mon cœur.
Si tes yeux sont pleins de douleurs,
Elle seule essuiera tes pleurs,

Car c'est le parfum de l'amour
Qui fait naître le jour,
Et qui arrête le temps qui court.

Comme l'oiseau qui chante le printemps,
Comme la fleur qui parfume les champs,
L'amour n'appartient qu'aux amants.

Mais qui est-elle, en somme,
Celle qui fait de moi un homme
Et m'ensorcelle d'une pomme ?

Est-elle fée ou femme ?
Une ombre sans âme,
Ou un feu sans flamme

Qui s'instille dans le noir ?
Mais la nuit n'est qu'un miroir,
Pâle reflet de mon désespoir.

Éperdument, je m'accroche à ce rêve,
Brûlant de passion et de fièvre.
C'est ainsi que l'amour s'achève.

Oh ! qu'il est calme ce doux matin !
Dommage qu'il brille en vain,
Ce beau soleil sans lendemain.

11. LE SOLEIL DES PAUVRES

Espérance,
Peux-tu donner la vie
À ceux qui meurent ?

Amour,
Peux-tu aimer les mal-aimés,
Car ils sont seuls et oubliés ?

Tristesse,
Tu m'ennuies déjà,
Toi qui hantes ma vie,
Et qui te moques de ma solitude ;
Toi qui fais de mon soleil
Une étoile sans lumière.

Jeunesse,
Où sont-ils passés,
Ces jours ensoleillés
Que tu m'avais promis ?
Je ne vois
Que des nuits obscures
Et des matins de brume.

Richesse,
Les as-tu rencontrés,
Ces gens miséreux,
Qui déambulent sans espoir
Dans les ruelles perdues,
Comme des ombres cachées
Dans la chaleur du jour ?

Miséricorde,
Toi dont la bonté abonde,
Va cueillir dans les champs
Les semences du bonheur,
Pour les offrir en partage
Comme un bouquet de soleil
À ces gosses infortunés.

Soleil,
Lumière de ma vie.
Dans l'aube qui s'éveille,
J'ai ouvert pour toi
Le soupirail de mon cœur.
Enivre-moi de ton éclat,
Afin que brille en moi
Cette chaleur de vivre,
Qui comme chaque matin
Chasse nos mélancolies.

Vieillesse,
Pourquoi me cherches-tu ?
Vainement, je me suis caché,
J'ai vieilli sans le savoir.
J'ai vu tomber mes jours,
Comme des soldats périssant
Dans des tranchées immondes.
Et sous le fardeau de la vie,
J'ai trébuché lourdement.
Mais toi, sans relâche
Tu m'as surpris.

Comme un adultère,
Tu m'as poursuivi,
Tu m'as menti,
Tu m'as vaincu.
Tu es le crépuscule de ma vie,
L'obscur corridor
Entre l'ici-bas et l'au-delà.
Tu es mon dernier espoir,
Mon dernier soupir.

12. LES PRISONNIERS DU DESTIN

Jeunesse,
Ma bien-aimée,
Il y a des matins d'orage,
Où je vois encore
Sur le sable mouillé,
L'empreinte de tes pas
Que le temps a effacé.
Mais ton amour,
Je ne l'ai goûté
Que le temps d'une enfance.

J'ai dit à ma mère
Que pour devenir homme,

Il m'a fallu respirer l'été
Dans des taudis délabrés,
Et endurer l'hiver
Des cœurs emmurés.
J'ai connu l'enfer
Des regards virulents,
Et j'ai vu le ciel
Dans les larmes des orphelins
Qui ont frôlé la faim et la mort.

J'ai demandé à mon père :
Pourquoi les morts
Ne reviennent-ils pas
Pour hériter de la vie ?
Pourquoi le temps d'une enfance,
Comme la rosée du matin
Ou la rose du jardin,
Meurt à l'aube d'une vie,
Avant que le soleil ne brille ?

J'ai questionné mon maître :
Pourquoi le passé nous hante,
Comme un affreux miroir,
Et nous parle

Comme un vieux curé,
En nous remuant la mémoire
Comme une botte de foin ?
Et pourquoi tous ces remords,
Qui vous égorgent,
Qui vous étripent,
Sans relâche et sans pitié ?

Et j'ai dit aux gendarmes :
Mais, messieurs,
À qui la faute,
Si devant tant de richesses
Qui ruissellent des mains riches,
La folie m'a ensorcelé ?
J'ai voulu boire un instant
À cette source de jouvence,
Ce philtre d'immortalité.
Et alors j'ai frappé,
De toutes mes forces.
Oui, j'ai péché par orgueil.

Et j'ai dit au juge :
Je plaide mon innocence.
Je suis tout démuni,
Nu comme un ver,

Et le beau monsieur
Est le seigneur du terroir.
J'ai voulu manger à sa table
Et dormir dans sa maison,
Partager son lit et sa femme,
Ses diamants et ses vêtements,
Et goûter à ses folies.
S'il vous plaît, mon seigneur,
Épargnez-moi la potence.

Et j'ai dit à mes frères :
Le vin de mon ennemi
A un goût d'amertume.
Si la misère est mon berceau,
Que la honte soit mon tombeau.
Et si je meurs dans l'ombre,
De chagrin et de moisissure,
Pourquoi prendre la vie d'un homme,
Aussi maudit soit-il,
Pour dérober ses biens
Ses plaisirs et son bonheur ?

Et pourtant je me suis dit :
Cette misère est un joyau
Si l'on mange à sa faim.

Mais, certains matins d'orage,
Quand les enfants de chœur
Ne chantent plus Noël,
Que le soleil se lève et tombe,
Que les jours et les nuits défilent
Sans que la lune nous sourie,
Par-delà les murs du pénitencier,
L'oiseau qui chante
Fait pleurer les meurtriers,
Ces gibiers de potence.

13. LE CHEMIN DE LA VIE

Un jour,
En revenant chez moi,
J'ai rencontré un soleil.
Un soleil rouge,
Tout émerveillé,
Mais triste et fatigué,
Comme un dur paysan.
Pendant des heures,
Le soleil avait donné à la terre
Toute la chaleur de son âme,
Mais en fin de journée,

Le souffle haletant,
La gorge desséchée,
Le corps tout sanglant,
Il voulut se tremper,
Et les lèvres,
Et les doigts,
Et les pieds,
Dans l'eau tiède de l'océan.
Hélas, cette mer si belle,
Mais si capricieuse,
L'attira par la main,
Et il sombra,
Comme un grand voilier
Par un temps mauvais.
Ainsi mourut ce soleil,
Dans toute sa splendeur,
Et tristement,
Bien tristement,
Le soir fut venu.

Un soir,
En revenant chez moi,
J'ai rencontré à travers bois,
Toutes ces créatures
Qui peuplent la forêt :

Un cerf et une biche,
Un bouc et une chèvre,
Un oiseau rouge,
Un lapin blanc,
Et puis des singes,
Des chiens errants,
Des chats miaulant.
Et tous ces animaux,
En voyant que la lumière,
Cette terrible lumière,
Avait perdu sa flamme,
Couraient hâtivement
Vers leurs tristes demeures.
Ils craignaient
Que la nuit noire
Vînt les surprendre en route.
Tout au long de l'été,
La chaleur de midi
Les avait vieillis un peu plus,
Mais sur le chemin du retour,
Les soucis accablants
Et les peines trop lourdes

Étaient restés derrière eux.
Et au fond de leurs yeux,
Ils avaient sans honte
Ce sourire gracieux
Et cette joie de vivre
Que même les animaux
Aiment à savourer.
Et lorsque les tout derniers
Se réfugièrent au bercail,
La terre sombra dans l'ombre,
Et la nuit fut venue.

Une nuit,
En revenant chez moi,
J'ai rencontré une étoile,
Qui me souriait gaiement.
Elle brillait tellement
Que tout mon corps
Se mit à trembler,
Et tout mon être fut comblé
D'une joie immense.
Et cette étoile
Qui brillait,
Qui brillait,

Comme mille étoiles…
Elle était ma lumière,
Mon chemin et ma vie,
Et devant tel prodige,
Toutes les étoiles du ciel
Se mirent à danser,
Comme si j'étais roi.
Jamais nuit
N'avait été si belle,
Jamais le firmament
N'avait été si resplendissant.
Alors, devant tant de couleurs
Et de lumières,
Je me suis mis à danser aussi,
Jusqu'au petit matin.

Un petit matin,
En rentrant chez moi,
J'étais seul.
Tout abandonné.
Les étoiles étaient parties,
Les animaux dormaient encore,
La solitude était revenue,
Triste et misérable.

Alors, j'ai repris
Le chemin, à travers bois.
J'ai rencontré des gens,
Les yeux gonflés,
Le cœur serré.
J'ai aussi croisé
Des bêtes affamées.
Alors, comme eux,
J'ai baissé la tête,
Et j'ai repris
Le chemin de la vie.

14. LES INCOMPRIS

Certaines langues disent
Que, parfois, il y a
Une multitude de gens
À s'assoir sur un rocher,
Sous un soleil de feu,
Et à se demander,
En se frappant la poitrine,
Ce qu'ils peuvent bien faire
Sur cette terre insensée.

Certains travaillent
De jour comme de nuit,
Sans pouvoir nourrir leur corps.
D'autres cherchent
Au fond des poubelles
Leur pain quotidien.
Il y a aussi ceux
Qui ont tellement soif de vivre
Qu'ils vont chercher
Dans le fond d'une bouteille
La vraie raison de leur existence.
Tandis que d'autres encore,
Comme leurs prophètes,
Prient du matin au soir
Pour que le salut
Leur tombe du ciel
Comme une manne.
Triste vanité.

Cependant,
Il y a des hommes
Qui, dans leur désarroi,
Se tournent vers la femme,
Qui elle-même, par faiblesse

Ou par sagesse,
A subi la tentation
D'un simple pommier.
Peut-être aussi
Elle avait tellement faim.
Faim de vivre.
Ainsi va la vie.

15. LES ENFANTS DE LA MER

Les rayons flamboyants d'un soleil affamé,
Chassent de leurs nids douillets et d'une ardeur
mortelle,
Ces oiseaux sans patrie aux entrailles
desséchées,
Que tant de chaleur crève même sous des ton-
nelles.

Et sur les durs chemins au goudron surchauffé,
Se pressent des pécheurs que la marée réclame,
Sans penser aux périls, aux barques chavirées,
Et c'est pour ces gens-là qu'agonisent leurs
femmes.

Tandis que sur le sable, de vieilles rames se
croisent,
Pour emmener au large des pirogues de misère,
Sur des écueils noirs que tant de regards toisent,
Meurent des vagues blanches tout en chantant
la mer.

Dans une case immonde, une femme pleure son
chagrin,
Des larmes pour ses enfants qui hurlent comme
des loups,
Et grattent en vain leurs bols jusqu'au dernier
grain,
Tandis que des gens riches s'amusent comme
des fous.

Ces enfants de la mer aux regards miséreux,
Aux corps endoloris sur des paillasses de foin…
Que leurs pères trouvent en mer tant de jours
heureux,
Pour ces cœurs innocents estropiés du destin.

Mais quand le soleil se lève, par un matin triste
et clair,
L'empreinte de leurs pieds sillonne le sable
mouillé ;
Ils regardent l'océan comme si c'était leur mère,
Nourrissons de la chair que le ciel a oubliés.

16. LA TAVERNE DES SANS-LOGIS

Remplis mon verre,
Tavernier,
Puisque ta cruche déborde,
De cette eau
Si précicuse aux miséreux,
Qui fait roi
Ces êtres déshérités,
Enivre
Leurs cœurs asphyxiés,
Et réduit
En clochards hideux
Ceux que la soif de vivre
Embrasse
Amoureusement.

Et pourtant,
N'est-il pas homme,
Le gibier de la foule
Qui rampe,
Comme une larve,
Sous la croix d'une vie
Trop belle
Aux mains des sans-logis ?
Mais quand apparaît
L'ombre
D'une fille en peine
Qui le libère
De sa solitude,
C'est ainsi, par des mains
Et des seins tendus,
Au mépris du vent,
Que le trottoir unit
Leurs souffrances
Au glas des sabots
Qui les désertent.
Réjouissons-nous
Que naissent encore
Des anges

Sur les pavés de l'enfer,
Qui se désaltèrent
À l'eau de feu.
Tavernier, mon ami,
Va emplir ta cruche,
Puisqu'elle sauve,
Ton eau ;
Cette eau bénite
Qui prête vie
Aux cendres de nos joies ;
Joies de renaître
De la poussière
Pour s'offrir nu
En holocauste aux affameurs.

Combien forte est la douleur
De vivre abandonné,
Cloîtré dans sa solitude
Qui fait souillure
De nos passions si vierges.
Tant que nos corps suent
Jusqu'à tremper la terre,
Pour faire germer
Nos vaines espérances,

Et que nos yeux pleurent
L'eau et le sang,
De nos frères vaincus
D'être si esclaves,
À l'angoisse
De voir mourir le jour
Dans l'étreinte du crépuscule.

Pourtant,
Et pourtant,
N'est-elle pas soleil,
L'autre face de la nuit
Quand l'aube symphonise ?
Le son et la lumière
Ne sont-ils pas musique ?
Le chant des oiseaux
N'est-il pas amour ?
Ces passions
Que nos cœurs recèlent
Et qui cherchent
Dans le silence des mots
Le rayonnement de la chair.

Eau de rêve,
Eau de trêve,
Eau des amours mortes,
Si le désespoir est aussi
L'amant de tes jours,
Alors, remplis ton verre,
Tavernier,
Et bois avec moi,
À l'agonie
D'un vieux clochard
Qui, comme toi,
Est assoiffé de justice,
Affamé d'amour
De ses frères.

Maintes fois
Nos bras feront des croix,
Par humilité,
Sur les tombeaux
Humides de notre sang,
Mais nous serons à jamais
Des christs flagellés
Par la haine.
Ils seront vrais,

Nos cris de liberté,
Et nos rêves stériles.
Ils seront douloureux,
Nos corps torturés,
Ainsi que nos mains vides.

Et pourtant,
Oui pourtant,
Il naît encore des enfants sages,
Ivres de soleil et de vent,
Sans peur et sans famille.
Ils laisseront toujours derrière eux
Un peu de vie,
Un peu d'amour,
Pour arroser nos joies et nos peines
De cette eau
Si précieuse aux mal-aimés,
Eau source éternelle,
Eau miracle de la vie.

17. LA PEUR D'AIMER

J'ai peur de vivre,
Vivre sans me faire voir,
Et d'ouvrir mes yeux
Sur un monde sans âme
Et sans miséricorde.

J'ai peur de mourir,
Et de ne jamais te revoir.
J'ai peur du jour qui chasse la nuit,
Et qui met en lumière
Les amants déchus.

J'ai peur de rêver
Sans pouvoir dormir,
Et de me réveiller
Sans pouvoir vivre,
Vivre sans pouvoir rêver.

J'ai peur du silence
Qui résonne dans la nuit,
Et de ces ombres qui chantent sans émoi
Une berceuse aux nourrissons
Ou un requiem aux trépassés.

J'ai peur de revoir
Le soleil écarlate
Qui inonde l'aube,
J'ai peur de cette lumière
Qui réchauffe mon âme.

J'ai peur de l'angoisse
Qui déchire mes entrailles,
De voir ces gens odieux
Qui jurent par la croix
D'aimer leur prochain.

J'ai peur de tous ces gens
Aux airs de noblesse,
Ces princes sans royaume
Qui laissent planer autour d'eux
Une odeur de déchets.

J'ai peur de ces imposteurs,
Ces demi-dieux en porcelaine
Qui n'ont pas connu la faim,
Et qui vous jettent en passant
Les miettes de leurs déboires.

J'ai peur de cette misère
Qui n'en finit plus,
De fouiller dans ces poubelles
Où pourrissent au soleil
Des amours purifiées.

J'ai peur que le poète
Ne tienne plus sa plume,
Que ses mains se mettent à trembler,
Peur que l'encre se tarisse
Et qu'il meure sans sépulture.

J'ai peur de toi,
J'ai peur de moi,
J'ai peur que ta présence
Ne soit plus qu'une ombre,
Et que le silence devienne ton amant.

J'ai peur de rien,
J'ai peur de tout,
De la guerre et de la paix,
Des armes et des jouets.
J'ai peur d'aimer.

18. UNE OMBRE EN PLEURS

Seul,
Dans une rue
Très sombre,
Un homme,
Prisonnier de l'ennui,
Traqué par le froid,
Passe.
Il passe d'un pas pressé,
Et sous la lueur pâle
D'un vieux réverbère,
Il s'arrête un instant,
Essoufflé et las.

Et son corps fatigué
Tremble.
Il tremble de froid,
De faim
Et de mépris,
En pensant à ces hommes
Qui se vautrent
Dans la sueur

Et le sang
De leurs semblables,
Et qui se réjouissent au chaud,
Près de la cheminée.

Qu'il est triste, l'homme
Qui ne fuit personne,
Mais qui se trouve seul
Enfermé dans la nuit,
Cherchant un abri,
Sous un pont,
Sous un arbre,
Loin du vent,
Loin des regards.
Alors, tout effrayé,
Il se met à penser.
Il pense à sa femme,
À ses enfants,
À son petit chien,
Qui l'ont tous abandonné.
Égaré
Sous la pluie,
Sous le vent,
La solitude lui fait peur.
Il se met alors à pleurer

Parce qu'on lui disait
Que Dieu était sauveur
Et qu'il était son berger,
Mais lui, qui se connaît,
N'est plus croyant.
Il n'a rien demandé
Et n'a rien reçu.

Quand soudain
Il ouvre les yeux,
Tout étonné
Il voit une ombre,
Son ombre.
Elle s'est blottie
Contre la façade d'un mur,
Et encore toute mouillée
Par la dernière averse
Elle a les yeux tristes.
Elle aussi se sent perdue.
Alors ils se regardent,
Tristement,
Sous la pluie,
Sous le vent,
Heureux de se retrouver,
Comme s'ils étaient amants.

Éperdument,
Il la prend dans ses bras,
Sous la pluie,
Sous le vent,
Et de ses mains meurtries
Par les ronces de la vie,
Il la caresse tendrement.
Puis, d'une voix
Qui empeste le mauvais vin,
Il lui parle de la vie,
De la joie d'aimer
Et d'être aimé.

Et devant un tel bonheur,
La solitude s'avoue vaincue
Et la pluie, tout émue,
Se met à pleurer.
Alors, toutes les étoiles
Descendant du ciel,
Se mettent à rire
Et à danser,
Et tous les oiseaux,
Quittant leurs nids,

Se mettent à chanter
Pendant que la nuit
Succombe à la folie.

Près du pont,
Sous un arbre,
Tremblant de froid,
L'homme ne cesse de parler.
Et il parle et parle,
Sans reprendre son souffle.
Il lui raconte tout,
Ses joies et ses peines,
Et l'ombre écoute.
Avec émotions, elle écoute,
Elle va l'écouter toute la nuit,
Tristement, amoureusement,
Jusqu'au lever du jour.
Mais quand la pluie
S'arrête,
Que le vent se calme,
Que les étoiles partent,
Que les oiseaux rentrent chez eux,
La fête se termine.
Et l'ombre qui tremblait de froid

Regarde enfin cet homme
Qui lui raconte sa vie,
Éperdument,
Passionnément.
Mais quand il lui parle
De l'infidélité,
Des amours mortes,
De la trahison,
L'ombre a le cœur brisé
Et éclate en sanglots.
Elle pleure pour son maître
Qui, comme la multitude,
A hérité de la vie,
Mais qui, tristement,
Au milieu du chemin
Se sent épuisé,
Fatigué de porter seul
Un héritage perdu et pesant,
Dénué de toute espérance.
Hélas, un homme,
S'il se sent abandonné,
Aime sans passion
Et se laisse mourir parfois
Sans raison.

Et l'ombre attristée
Continue à pleurer,
Comme s'il pleuvait.
Elle se met à trembler
Comme s'il faisait froid,
Car elle sait,
Du fond du cœur,
Qu'un jour viendra
Où elle mourra,
Tout entrelacée,
Dans les bras
De cet homme
Qu'elle a rencontré
Par hasard,
Une nuit,
Sous le vent,
Sous la pluie.

19. LA VEUVE DU NAUFRAGÉ

Pleure, femme bien-aimée,
Si ton compagnon s'est noyé.
Pleure, si la marée l'a trahi,
Et que la souffrance te poursuit.
Pleure, si ta vie est désespoir
Et la solitude ton dortoir.
Alors, pleure.

Femme meurtrie de douleur,
Sous cette pluie, tu pleures,
Car ton chagrin est immense,
Mais ton cœur souffre en silence.
Il succombe à tes sanglots,
Au rythme sauvage des flots.
Te voilà seule et veuve,
Soumise aux pires épreuves.
Quand ce vent réveille la mer,
Il arrache aux femmes mille pleurs.
Elles qui attendent parfois pour rien
Leurs époux aux souffles salins,
Que leurs bateaux rentrent tout épuisés,
Le ventre ras sur le sable mouillé.
Et ces femmes qui se nourrissent d'espoir
Sanglotent dans la nuit froide et noire.

Pour l'hirondelle qui fuit l'hiver,
La neige a perdu sa blancheur,
Mais combien grande est ta beauté,
Si la rose s'incline à tes pieds.
Toi, qui devant l'horreur de la mort
Semble plus fraîche que l'aurore,
Même dans cette brume si cruelle,
Femme, que tu es belle !
Tous les marins ont chanté ta beauté,
Tu les as ensorcelés par ta gaieté.
Tes enfants n'ont pas connu la faim,
Tu les abreuves du lait de tes seins,
Et ton homme, ce marin du port,
A savouré le plaisir de ton corps.
Toi qui as connu l'amour et la haine,
Sans espoir tu pleures ta peine.
Puisque la mer est son destin,
Te voilà seule et sans lendemain.
Ta foi chancelle quand tu regardes le large
Pour que la houle ramène sa barge.

Mais ce soir, la tempête s'est levée,
Et sans pitié le vent a soufflé.
Que reste-t-il dans ce vieux port,
Sinon l'odeur infecte de la mort ?

Il a bâti sa demeure parmi les algues
En écoutant le bruit des vagues,
Mais à l'horizon où meurt le soleil
Il laisse son âme en sommeil.
Non, son bateau ne rentrera pas ce soir,
Même si tu fais semblant d'y croire.
Quand le vent se lève pour chanter,
Les vagues folles se mettent à danser.

Mais toi qui pleures sans illusions,
Tu ne cesses de crier son nom.
Comme un animal saignant du cœur,
Tu as vu partir ses heures.
Il y a des jours tristes et sombres
Où la mort se cache dans l'ombre,
Mais pour ces nuits sans matins,
Adieu est le mot de la fin.

Pleure,
Puisque la mer l'a englouti,
Dans cette tempête où il a péri ;
Pleure,
Si ton fardeau est lourd à porter,
Et que tes sanglots t'empêchent d'oublier.
Pleure,
Car il ne reviendra pas, le père de tes enfants,
Et ils seront tous orphelins, ces petits innocents.
Alors, pleure.

20. LE MIRACLE DE L'AMOUR

Mère,
Ma bonne mère,
Je me souviens encore
De ces matins tristes,
Quand le vent avait tourné,
Et que soudain
La violence faisait rage.

Vivement,
Je courais vers toi
Pour chercher refuge
Dans tes bras accueillants,
Et en me blottissant
Contre tes seins.
Je sens encore,
Sur mes joues creuses,
La douceur de ta main
Si tendre et caressante.

Mère
Au cœur douloureux,
Je me souviens toujours
De ces matins d'orage,
Quand le tonnerre grondait
Et que les coups pleuvaient
Sur mon corps,
Si fragile et meurtri,
Parfois de jour,
Ou bien de nuit.
Par ivresse
Ou par ignorance,
Il se mettait à frapper.

Il frappait dur, ton homme,
Ce juge impitoyable,
Tout comme son père
Bien avant lui.
Il voulait faire de moi
Un homme.

Père,
Homme
Au cœur de pierre,
Je me souviens encore
Et pour toujours
De ces moments d'angoisse
Où la colère te rendait fou.
Même ma douleur
Te laissait indifférent
Et ta justice m'écœurait,
Mais ma douleur était réelle
Et ton châtiment
Bien trop cruel.
Lorsque, d'une voix râleuse,
J'implorais ta miséricorde,
Ma complainte
Te rendait plus fou.

Alors, comme une lavandière,
Avec un battoir à la main,
Tu frappais encore plus dur.
C'était un dément,
Cet homme qui était mon père.

Père,
Insolite étranger,
Parfois je me souviens
Qu'il y a encore
Des matins d'été,
Quand le soleil nous sourit
Et que ma mère fredonne
Sa chanson préférée.
Alors, je pense à toi
Quand j'entends
Le son du clairon
Qui retentit à l'aube.
Même les oiseaux
Pleurent dans leurs nids,
Et les fleurs du jardin
Sanglotent en silence
Par la rosée du matin.
Mais toi,
Tu ne reviendras plus.

Guerre,
Monstre sanguinaire,
Qu'as-tu fait de lui ?
Je me souviendrais toujours
De cet homme
Qui fut mon père.
Il avait sa façon d'aimer,
Comme il aimait sa femme,
Sans passion ni raison,
Juste par habitude.
Un beau matin,
La patrie a fait de lui
Un conscrit valeureux.
Il était beau,
Dans son uniforme de soldat.
Sur sa poitrine,
On avait épinglé
Une médaille de bravoure.
Mais l'ennemi était aux aguets ;
Un obus les a fauchés.
Le sang des blessés
Et des morts
Recouvrait le sol mouillé.

Ils ont dit, certains miraculés,
Que dans son agonie
Il avait murmuré mon nom.
En soupirant,
Il s'était souvenu de nous ;
De sa femme,
Et du fils
Qui était le sien.

21. LE REQUIEM DES MAL-AIMÉS

De la poussière à la vie,
De la vie à la mort,
De la mort à la poussière,
De poussière en poussière,
Tout n'est que poussière.

Pourquoi vouloir vivre
Quand on n'est que terre ?
Je ne sais pas,
Je ne sais plus,
Pourquoi la vie me poursuit.

J'ai souffert sans raison,
J'ai pleuré sans émotion,
J'ai pu rire par saisons,
J'ai aimé sans passion,
Et j'ai mordu sans tentation
Cette poussière vénéneuse.

Mais quand soudain,
Comme un ange,
Tu es apparue
Dans mes rêves,
Toute la création s'est figée,
Foudroyée et sans souffle.
La terre, stupéfaite, s'étonnait
De ne plus se mouvoir.
La nature est morte,
Et le peintre en a fait un tableau.

Sa nudité exposée,
Sa virginité profanée,
Sans pudeur
Elle s'est dévoilée
Comme une fille de joie.
Comment comprendre
Qu'un nouveau monde
Venait de naître

[63]

Un nouveau soleil brille
À présent, dans le firmament,
Un univers qui n'appartient
Qu'aux mal-aimés.

Avec un immense plaisir
Et grande allégresse,
Je me réjouis
D'avoir infusé
Dans mon âme
Les saveurs de l'amour,
D'intensité en intensité.
L'insatiable bonheur
Devient sublime,
Et l'exaltation
Une apothéose.
Devant un tel état d'âme,
Je m'incline avec honneur.
L'amour a vaincu
Ce cœur impénétrable.
Je suis amoureux.

Que l'amour soit roi,
Que l'amour soit divin.
Je prie de tout mon être

Pour que nos cœurs assoiffés
Soient imprégnés
De cette flamme.

Soleil, soleil,
Mes yeux ne distinguent plus
Le jour de la nuit.
Ta lumière brille aveuglément
Dans mes nuits sombres.
Je ne sens plus
Le goût de cette poussière,
Qui était saveur
Quand j'avais soif de vivre,
Qui était sauveur
Quand j'avais envie de mourir.

Si c'est cela, l'amour,
Alors je m'incline
Encore plus bas
Devant sa beauté,
Et qu'on en fasse,
Inlassablement,
Mon pain quotidien.
Amen.

ÉPILOGUE

Bienheureux
Les mal-aimés,
Flagellés par la haine,
Crucifiés par le mépris,
Ils ont cru à l'amour,
Et l'amour a cru en eux.